ISBN 0-7172-3151-8

Imprimé aux États-Unis
A B C D   1 2 3

Disney

HISTOIRE de JOUETS

GROLIER

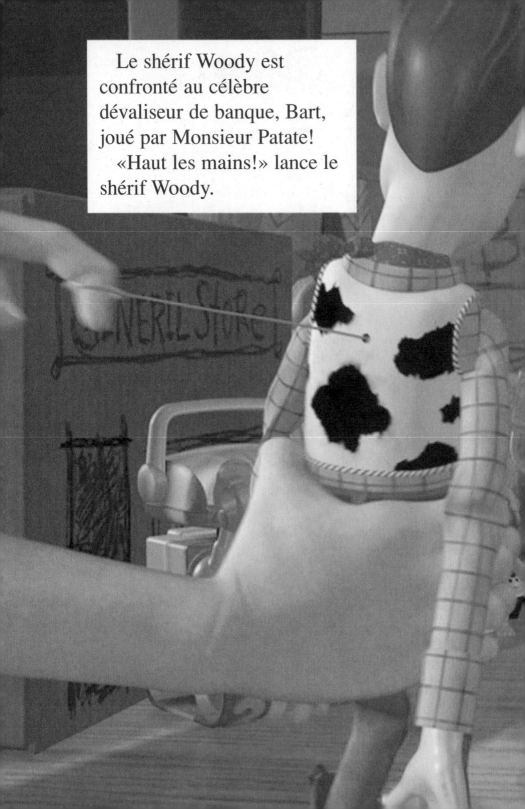

Le shérif Woody est confronté au célèbre dévaliseur de banque, Bart, joué par Monsieur Patate!

«Haut les mains!» lance le shérif Woody.

Le jeune Andy place ses deux jouets en position de duel. Comme toujours, le shérif Woody remporte le combat.

Andy fait tomber Monsieur Patate et dit, «Désolé, hors-la-loi. Le shérif Woody t'a battu de vitesse. Tu perds.»

De tous ses jouets, Andy préfère le shérif Woody.

Andy entend alors sa mère l'appeler.

«Est-ce l'heure de ma fête d'anniversaire?» demande-t-il en courant retrouver sa mère.

Quand Andy n'est pas là, tous ses jouets peuvent marcher et parler.

«L'anniversaire d'Andy!» se dit Woody. «C'est terrible!»

Woody va voir Zig Zag.

«Ziggy, j'ai de mauvaises nouvelles», murmure Woody à son fidèle compagnon.

«DE MAUVAISES NOUVELLES!» crie Zig Zag.

«Pas si fort!» murmure Woody. «Rassemble tout le monde. Il faut tenir une réunion.»

Woody préside la réunion. «Nous allons déménager dans la nouvelle maison d'Andy bientôt. Est-ce que vous avez tous votre compagnon de déménagement?» dit Woody.

Les jouets font signe que oui. Puis il ajoute, «Et la fête d'anniversaire d'Andy est aujourd'hui.» Les jouets paniquent!

«Les invités commencent déjà à arriver!» couine Bayonne, la tirelire.

Les autres jouets se ruent à la fenêtre. Tous les amis d'Andy apportent des cadeaux.

Les jouets sont inquiets. Et si Andy reçoit des jouets neufs. Se débarrassera-t-il des anciens?

«Cessez de vous tourmenter. Personne ne sera jeté», les rassure Woody.

Woody envoie tout de même des soldats observer la fête et rendre compte de la situation par talkie-walkie. Heureusement, la plupart des cadeaux sont des vêtements et des jeux.

Puis Andy ouvre le dernier cadeau. Les soldats ont le souffle coupé. C'est un jouet superbe! Mais les piles des talkies-walkies tombent à plat avant qu'ils aient pu faire leur rapport.

Plus tard, Andy met le nouveau jouet sur son lit
et repart. Woody et les autres jouets s'approchent
alors de l'étranger.

Tout à coup, le nouveau jouet se lève.
«Je m'appelle Buzz
l'Éclair, et je viens
sur votre planète
pacifiquement. Mon
vaisseau s'est écrasé
ici par erreur.»

Rex le dinosaure
s'enflamme.
«Viens-tu vraiment
de l'espace?»

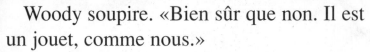

Woody soupire. «Bien sûr que non. Il est un jouet, comme nous.»

«Excuse-moi, mais tu veux sans doute dire Ranger de l'espace», lui dit Buzz. «Je suis le capitaine de la flotte spatiale. Et quand j'aurai réparé mon engin spatial, je retournerai chez moi.»

Les jouets sont impressionnés, sauf Woody.

«J'ai des ailes spéciales — je peux voler», lui dit Buzz.

«Non tu ne peux pas», dit Woody.

«Oh oui», dit Buzz.

«Oh non», fait Woody d'un ton brusque.

«Oui je peux. Et je vais le prouver», réplique Buzz.

Sur ce, il saute en bas du lit.

«Vers l'infini et au-delà!» crie-t-il.

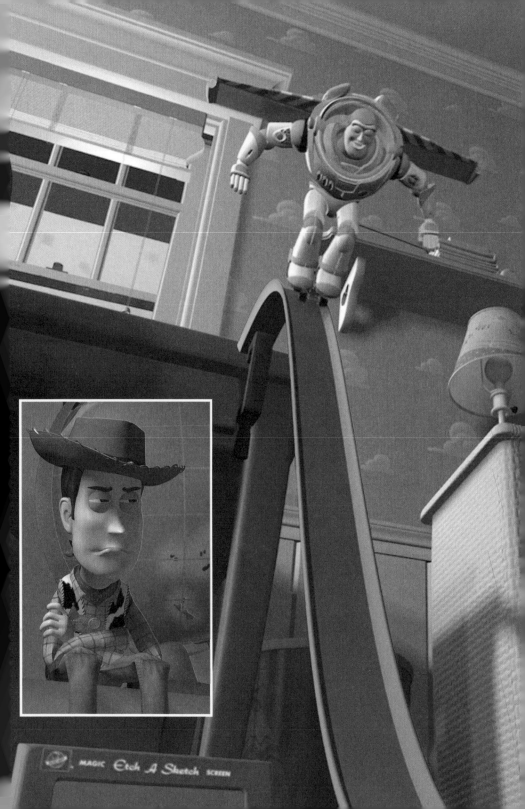

MAGIC *Etch A Sketch* SCREEN

Buzz atterrit sur une balle de caoutchouc, bondit sur une piste de course, dévale une pente, remonte et prend son envol!

Il atterrit devant Woody.

«Je peux», dit Buzz d'un ton suffisant.

«Tu appelles ça voler? Moi j'appelle ça tomber avec style», se moque Woody.

Mais les autres jouets trouvent tous Buzz génial.

Puis les jouets entendent des cris. C'est Sid, le petit voisin qui aime faire exploser ses jouets — ce qu'il est en train de faire!

Les jouets préfèrent vivre avec Andy.

Andy adore ses jouets — surtout son nouveau!
Il ne joue plus qu'avec Buzz, ce qui rend Woody
jaloux.

Un soir, Andy s'en va souper chez Pizza
Planète. «Tu apportes un seul jouet», dit sa mère.

Woody veut qu'Andy l'apporte lui, et non pas
Buzz. Alors il tente de faire tomber Buzz derrière
la commode d'Andy.

Woody dirige Karting, une voiture téléguidée,
vers Buzz.
ZOUM!

Buzz saute
et l'évite
de justesse!

La voiture heurte un globe terrestre qui frappe Buzz et le fait tomber par la fenêtre!

Les jouets se ruent pour voir ce qui est arrivé. Ils regardent Karting.

La petite voiture fait, «Vroum, vroum.»

Les jouets sont étonnés et fâchés. Ils regardent
Woody.

«Tu t'es servi de Karting pour faire tomber
Buzz par la fenêtre!» l'accuse Monsieur Patate.

«Non, non!» crie Woody. «C'est un accident!»

Les autres jouets ne le croient pas. Woody ne
sait pas quoi dire. Tous les jouets sont fâchés
contre lui.

La Bergère est triste. Elle n'arrive pas à croire
que Woody ait pu agir ainsi.

À ce moment, Andy entre pour chercher Buzz.
Mais comme il ne trouve pas son nouveau jouet,
il amène Woody à la place.

Buzz est dans les buissons près de la maison et
voit la voiture partir. Il court s'agripper au
pare-choc.

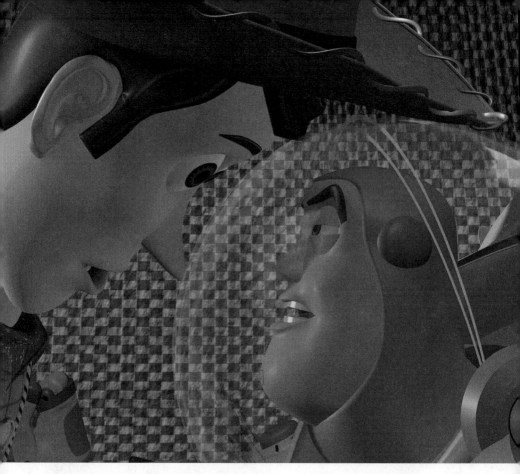

La mère d'Andy arrête à la station-service prendre de l'essence. Lorsqu'Andy et sa mère sortent de la voiture, Buzz embarque. Woody dit, «Je ne voulais pas te pousser par la fenêtre, je te le jure!» Buzz ne le croit pas.

Les deux jouets se mettent à se battre. Ils tombent par la porte ouverte et la voiture repart sans eux! Heureusement, Woody voit un camion de Pizza Planète. Lui et Buzz sautent à bord.

Le camion emmène les jouets à Pizza Planète.
Buzz et Woody veulent suivre la famille
d'Andy à l'intérieur, mais l'entrée est gardée par
des robots.

«Comment allons-nous passer ces gardiens?»
se demande Woody.

Woody se cache dans un verre et Buzz, dans une boîte de hamburger.

Ils peuvent ainsi entrer sans être remarqués.
Une fois à l'intérieur, Woody repère Andy.

Buzz, lui, repère une fusée! «Je vais pouvoir rentrer chez moi!» dit-il en montant à bord de la fusée.

La «fusée» est en fait une machine à prix, et les prix sont de petits hommes verts. «Je viens pacifiquement», dit Buzz.

Woody sait qu'il doit aider Buzz. Il grimpe à son tour dans la fusée.

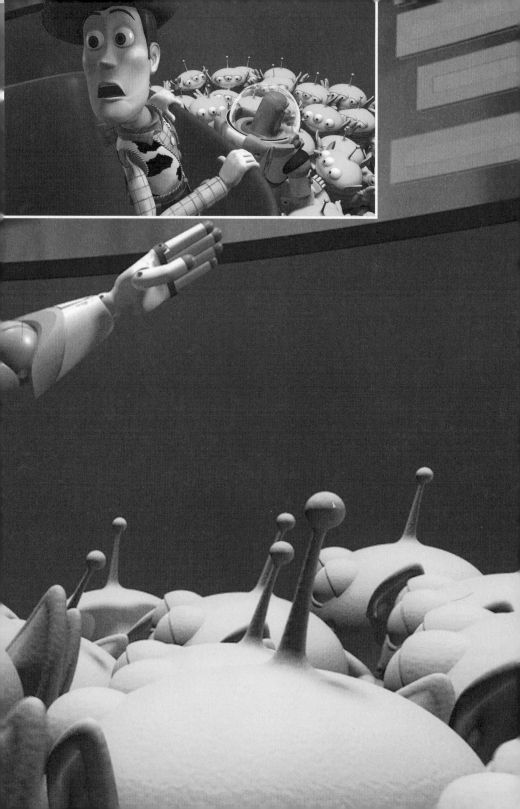

Soudain, une grosse pince en métal apparaît.
La pince agrippe Buzz et le soulève.
Quelqu'un veut un prix.

C'est Sid!

Woody essaie de sauver Buzz, mais il est agrippé par la pince lui aussi!

Sid émet un rire méchant. Il a maintenant deux nouveaux jouets à détruire!

Sid ramène les jouets dans sa chambre lugubre. Après son départ, Woody et Buzz scrutent la pièce. Puis quelque chose bouge.

Buzz murmure, «Qu'est-ce que ces étranges créatures?»

Woody n'a jamais rien vu d'aussi laid.

Sid a démonté ses jouets et les a remontés de façons bizarres.

Les jouets mutants avancent vers Woody et Buzz. Les deux jouets s'enfuient!

Woody et Buzz se retrouvent dans des pièces différentes. C'est alors qu'une chose encore plus horrible arrive à Buzz. Il voit une annonce télévisée sur les jouets Buzz l'Éclair!

Buzz se dit,«Ce n'est pas vrai. Je suis le vrai Buzz l'Éclair! Comment peut-il y en avoir un autre à la télévision?

«Et si Woody avait raison? Et si j'étais un simple jouet?»

Voulant prouver qu'il est un véritable héros
de l'espace, Buzz saute du haut de l'escalier.
Il déploie ses ailes et... BOUM!

Il s'écrase si
durement au sol
qu'il se casse
un bras.

Anna, la sœur de Sid, trouve Buzz et l'amène
à sa réception de thé avec ses poupées. Puis
Woody réussit à se faufiler dans la chambre.

«Vite! Sortons d'ici!» dit Woody.

«Ça ne vaut pas la peine», réplique Buzz,
tristement. «Je ne suis qu'un stupide jouet. Ça
m'est bien égal qui joue avec moi.»

Pendant qu'ils retournent à la chambre de Sid
afin d'essayer de s'enfuir, Woody tente de
convaincre Buzz qu'être le jouet d'Andy est
aussi important qu'être un ranger de l'espace.

Soudain, les jouets mutants encerclent Buzz.
À sa grande surprise, Woody les voit réparer le
bras de Buzz.

À ce moment, Sid entre. Il attache une fusée sur le dos de Buzz. Il va le faire exploser le lendemain matin.

Woody doit sauver Buzz. Mais il ne peut
y arriver seul. Il s'approche des jouets
mutants prudemment. Ils sont gentils! Et
ils acceptent d'aider Woody.

Le lendemain matin, les jouets mutants
suivent Woody dans la cour de Sid.

«Haut les mains!» crie Woody à Sid.
Sid se retourne. Il regarde Woody avec
stupéfaction. Comment
un jouet peut-il parler
tout seul?

«Au nom de tous les jouets, nous n'aimons pas nous faire exploser, détruire ou démonter», dit Woody à Sid.

Surpris, le garçon retient son souffle. Puis il voit des dizaines de jouets avancer droit vers lui.

Woody ajoute, «Tu ferais mieux de prendre soin de tes jouets. Sinon on se retrouvera, Sid!»

Le garçon crie et va se réfugier dans sa chambre. Jamais plus il ne va détruire un jouet.

«Hourra!» crient Woody et les autres jouets.

C'est alors que Woody voit le camion de déménagement devant la maison d'Andy. Buzz et lui doivent monter à bord!

Ils partent en courant, le chien vicieux de Sid à leurs trousses.

Buzz descend pour éloigner le chien et sauver Woody, mais il ne réussit pas à remonter et le camion se met en route sans lui. Woody doit aider son ami.

Woody ouvre la boîte de jouets, sort
Karting et le pousse en bas de la rampe du
camion.

Les autres jouets ne comprennent pas. Ils
croient que Woody veut également se
débarrasser de Karting. Alors ils poussent
Woody hors du camion.

Le camion accélère.

Buzz et Woody sautent dans la voiture de course et s'élancent derrière le camion.

Ils sont sur le point de le rattraper — lorsque les piles de Karting tombent à plat.

«Oh, non!» s'écrie Woody. «Nous n'arriverons jamais à le rattraper maintenant.»

Puis il a une idée. Woody allume la mèche de la fusée qui est attachée à Buzz. ZOUM!

Au moment où Karting est propulsé sur la rampe du camion, Buzz déploie ses ailes et... lui et Woody prennent leur envol!

Woody et Buzz planent
jusque dans la voiture.
    Andy est si heureux.
Il croyait avoir perdu
Woody et Buzz, mais ils
sont dans la voiture!
Il serre ses jouets
contre lui.
    Buzz réalise combien
Andy l'aime. Il sait
maintenant qu'être un
jouet est mieux qu'être
un héros de l'espace.

Woody, Buzz et tous les autres jouets sont heureux dans la nouvelle maison d'Andy. Puis Noël arrive. Les jouets sont nerveux. Et si Andy recevait de nouveaux et meilleurs jouets?

Les petits soldats vont observer Andy et sa sœur ouvrir leurs cadeaux.

«Ne t'inquiète pas»,
dit La Bergère à Woody.
«Andy t'aimera
toujours.» Elle embrasse
Woody sur la joue.

Woody dit à Buzz, «Nous n'avons rien à
craindre. C'est impossible qu'Andy reçoive
quelque chose de pire que toi.»
Puis les petits soldats font leur rapport:
Andy a reçu un chiot!
«Oh, oh!»